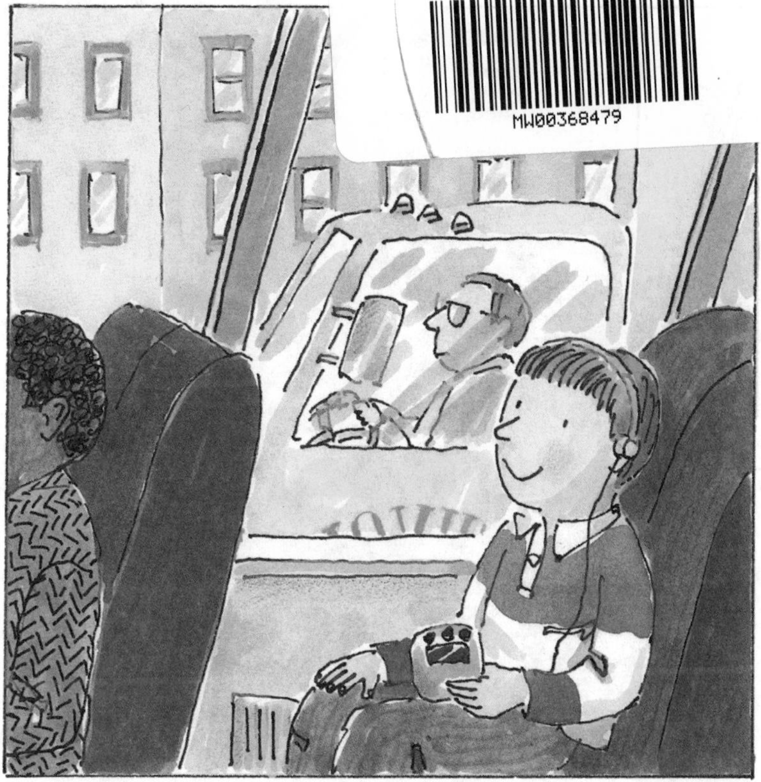

Ride on a bus. 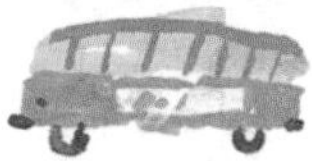

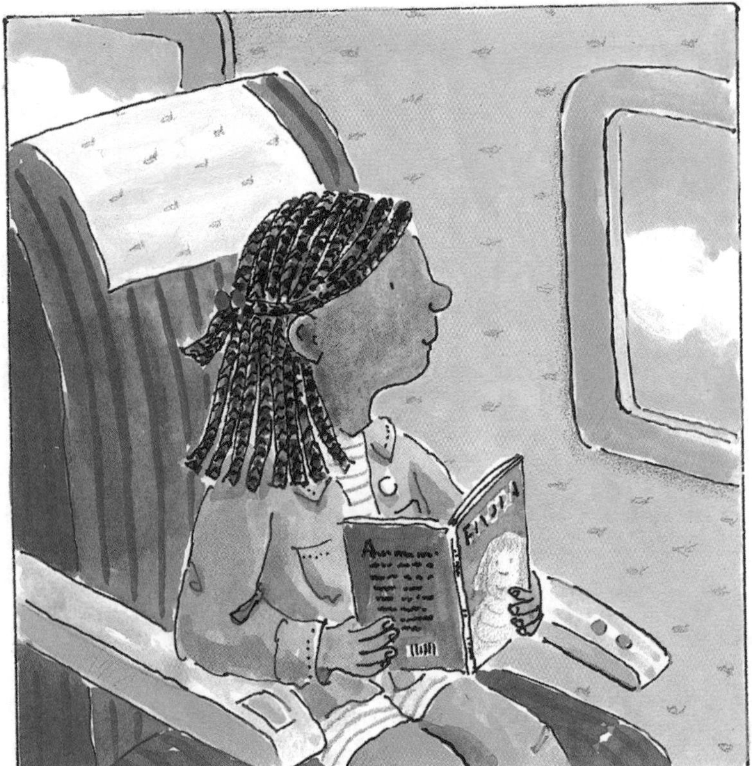

Ride on a plane. 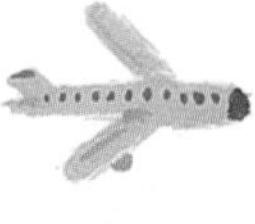

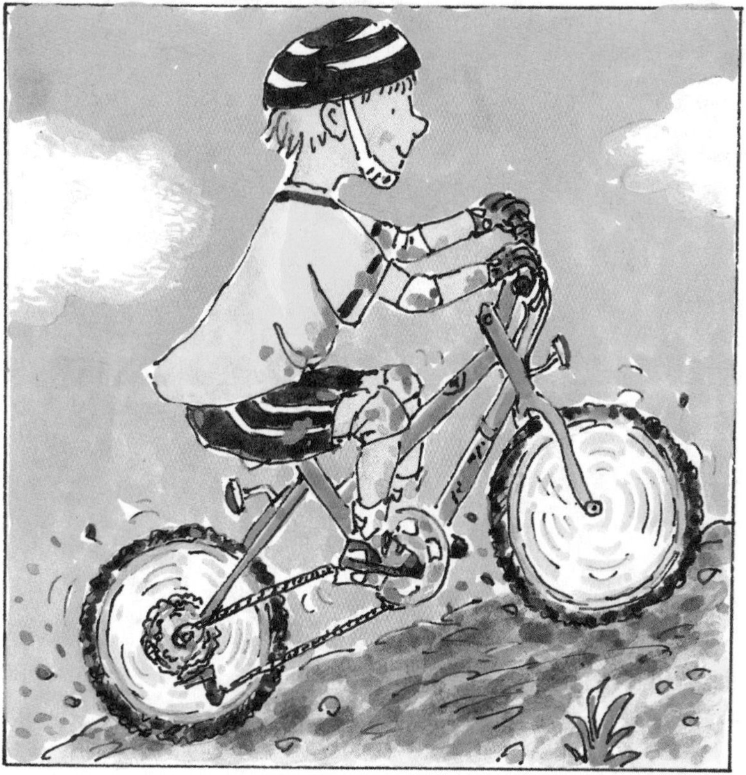

Ride on a bike. 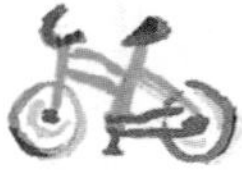

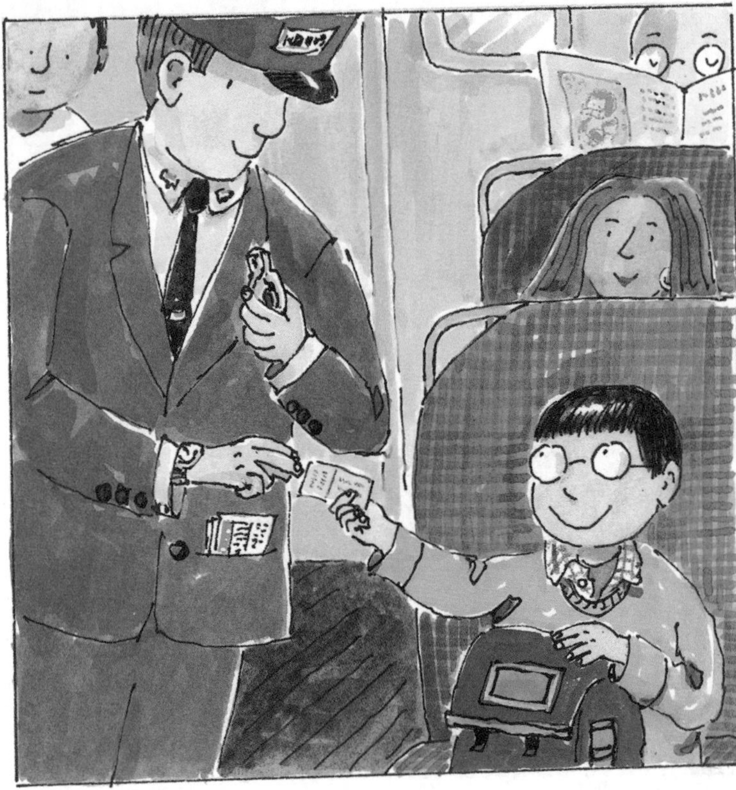

Ride on a train. 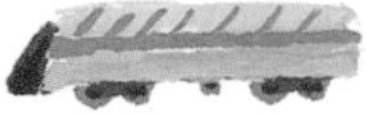

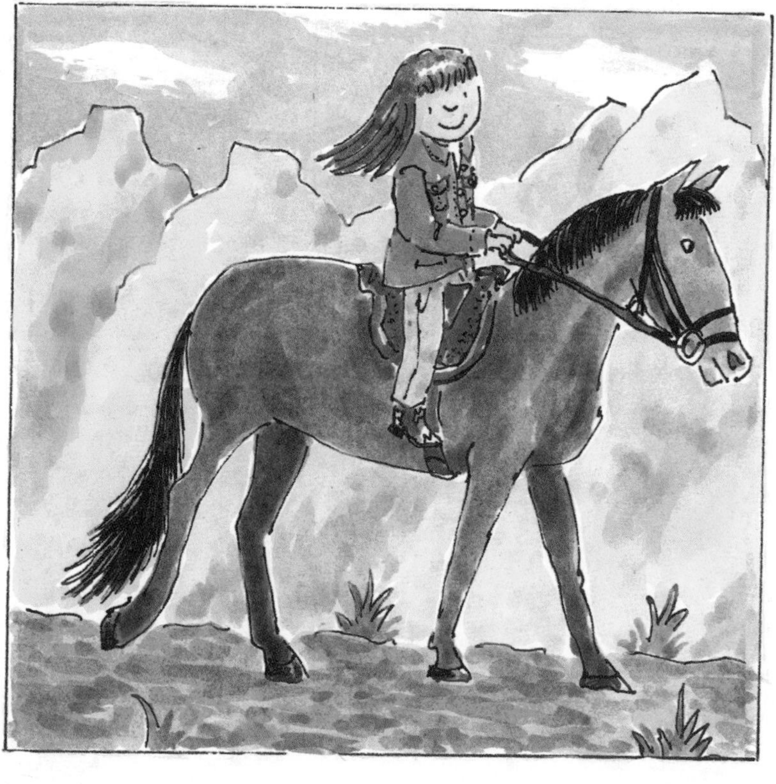

Ride on a horse. 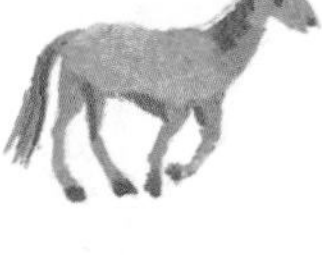

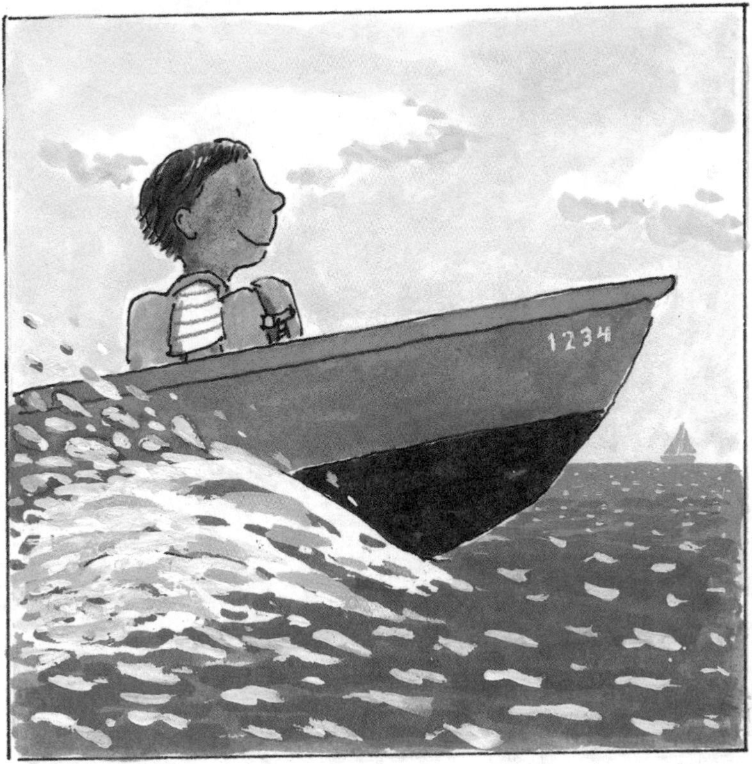

Ride on a boat. 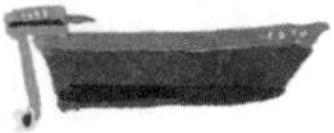

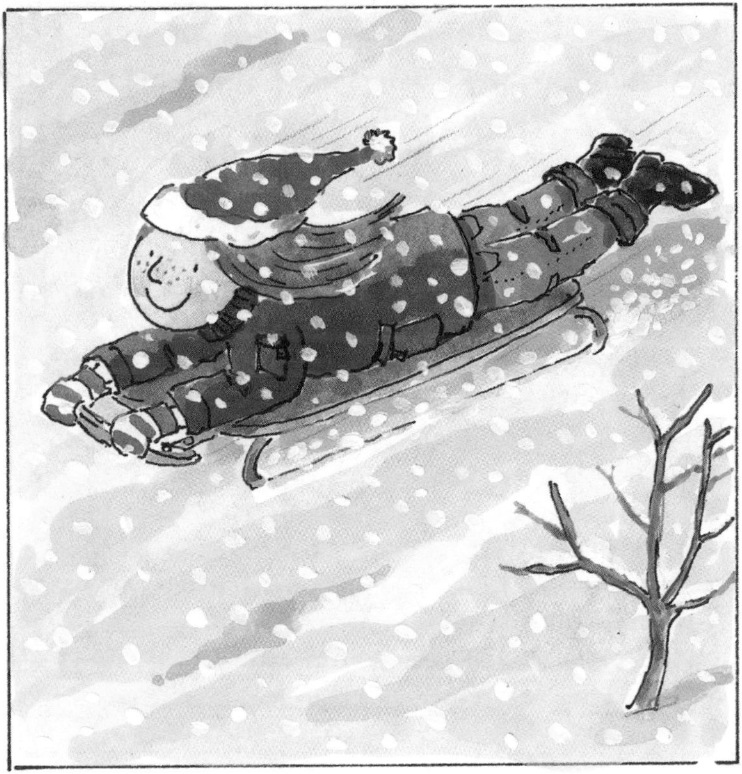

Ride on a sled. 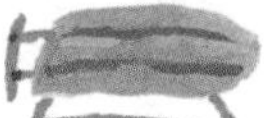

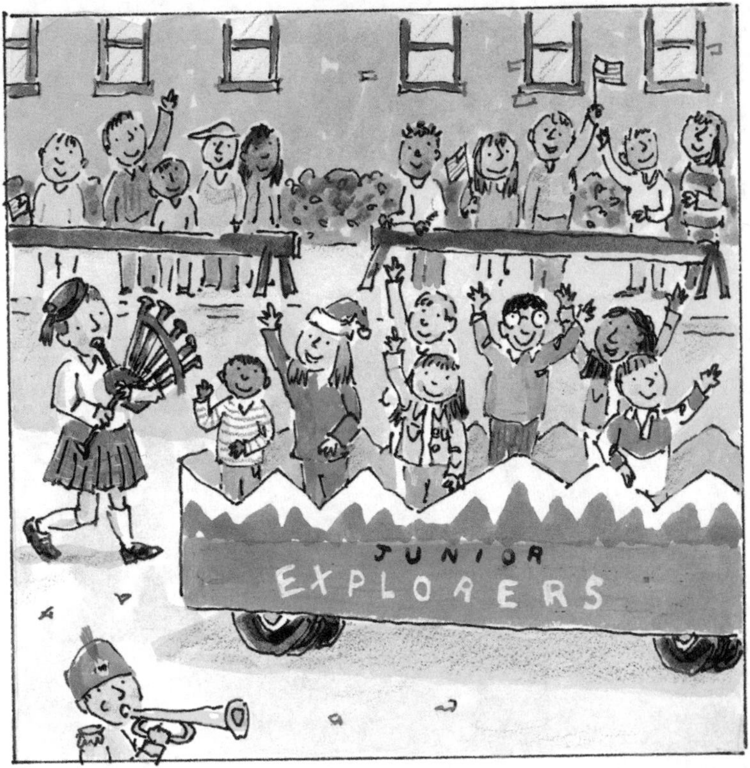

Ride on a float!

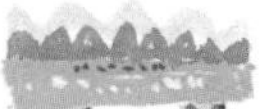